POÉSIES

PATRIOTIQUES,

PAR

EUGÈNE BONDET,

PROFESSEUR DE LITTÉRATURE
ET DE MATHÉMATIQUES.

A LYON,

DE L'IMPRIMERIE DE CHARVIN,

Rue Chalamon, n° 1.

———

1831.

Poésies

PATRIOTIQUES.

LE

DRAPEAU TRICOLORE.

Ode.

Dès long-temps des hordes sinistres
Consternaient nos belles cités,
Et déjà d'avides ministres
S'armaient contre nos libertés :
Soudain paraît le Drapeau tricolore,
Signe éclatant de gloire et de bonheur,
Il flotte au loin ; et semblable à l'aurore,
Chasse des nuits l'horrible profondeur.

Il renaît à la gloire ; et d'illustres journées,
De la France à jamais changeant les destinées,
Rehaussent ses faits éclatans :
Signe triomphateur que l'univers contemple,
Il protége à la fois la chaumière, le temple
Et l'orgueilleux palais des grands.

S'il n'est plus surmonté de cette aigle terrible
Que guidait aux combats un héros invincible,
    L'arbitre et la terreur des rois,
Ce drapeau, si fidèle et si cher à la France,
Paraît tout fier de voir sur le fer de sa lance
    L'oiseau des antiques Gaulois.

Les Gaulois.... nation vigilante et guerrière !
Jadis on les a vus triomphant de la terre,
    Faire trembler les potentats ;
Terribles, déchaînés comme un torrent qui gronde,
Effrayer les Romains sur le trône du monde,
    Et bouleverser les états.

Leurs bras armés de fer épouvantent l'Asie,
Et leurs fronts couronnés des palmes de Scythie
    Attestent leurs mâles vertus ;
Ilion les a vus sur ses palais en cendre ;
La terre se taisait à l'aspect d'Alexandre,
    Les Gaulois ne se sont point tus ;

Leur audace les guide au pied du Capitole ;
Les Romains que leur glaive au jour de Canne immole
    Couronnent les faits d'un héros ;
Ils secondent César qui triomphe à Pharsale ;
Le premier qui fut ceint de la pourpre impériale,
    La dut à leurs nobles travaux.

Et nous !... Qu'on interroge et l'Europe , et l'Afrique !
Des fiers enfans du Nil la morgue despotique
    Ne peut soutenir nos regards ;
L'Europe contre nous frémit et se déchaîne ,
Et voit dans cent combats son impuissante haine
    Fléchir devant nos étendards.

Salut, triple couleur ! salut, couleur chérie !
O toi, qu'aux jours de gloire invoque la patrie,
    Embrase d'amour tous les cœurs !
Si de profanes mains n'avaient souillé ta gloire,
Des peuples opprimés le droit de la victoire
    Nous rendait les libérateurs.

Sans rêver les combats ni les villes en poudre,
La France d'aujourd'hui laisse dormir sa foudre,
    Si terrible au jour du danger ;
Ses vœux sont pour la paix, mais durable et sans tache :
A jamais infamie au cœur perfide et lâche
    Qui sollicite l'étranger !

La France, hommes hautains qu'a flétris l'esclavage !
Méprise la fureur, rit de la folle rage
    Dont vous nourrissez le poison.
A vos chers alliés courez, volez sans crainte,
Et montrez aux tyrans, sur votre front empreinte,
    La honte de la trahison.

Traîtres, vous l'oseriez !... Mais vous êtes sans ame !
Sentîtes-vous jamais une puissante flamme
    S'allumer dans un cœur français?
Non jamais.... Mais bientôt, franchissant la frontière,
L'étranger, dites-vous, va nous porter la guerre
    Alors qu'il nous jure la paix.

Ce soutien de vos droits, cet ennemi, qu'il vienne !
Encor notre drapeau peut, de Berlin et Vienne,
    Voler vers la cité du nord ;
Le canon d'Austerlitz peut arrêter sa course,
Et forçant ce torrent de monter vers sa source,
    Vomir de tous côtés la mort.

La France est sans alarme ; et lorsque son armée,
De périls, de combats et de gloire affamée,
    Appelle à grands cris les hasards,
Sûre de voir toujours ses enfans invincibles,
Elle retient le bras de ces lions terribles,
    Prêts à renverser vos remparts.

Quelle fureur vous guide, ô maîtres des empires !
Comme un tigre en furie ou de hideux vampires,
    Faut-il vous énivrer de sang ?
Croyez-vous, ravageant la Vistule et le Tibre,
Et présentant le joug aux yeux d'un peuple libre,
    Donner du lustre à votre rang ?

Insensés !... C'est en vain que votre orgueil s'irrite !
De vingt peuples déjà le cœur s'ouvre et palpite
      Aux accens de la vérité :
Leurs bras peuvent briser vos couronnes fagiles,
Et triomphans, placer sur les tours de vos villes
      Les couleurs de la liberté.

Peuples, ce signe heureux luit aux yeux de la France !
Qu'éveillant en vos cœurs une douce espérance,
      Il soit l'objet de tous vos vœux ;
Qu'à cet aspect sacré le dur tyran frémisse ,
Et chassé loin des rois, que le flatteur gémisse
      En voyant les peuples heureux.

      Dès long-temps des hordes sinistres
      Consternaient nos belles cités,
      Et déjà d'avides ministres
      S'armaient contre nos libertés :
Soudain paraît le drapeau tricolore,
Signe éclatant de gloire et de bonheur,
Il flotte au loin ; et semblable à l'aurore,
Chasse des nuits l'horrible profondeur.

LA GRÈCE AUX TURCS

Après le Combat de Navarin.

ODE.

Près d'un monceau d'armes brisées
Qui devaient lui percer le sein ,
Et des murailles écrasées
De l'impuissante Navarin ,
La Grèce , debout et pensive ,
Et les yeux fixés sur la rive
Que la mer blanchit de ses flots ,
Se réveille aux cris de victoire ,
Et de son sein brûlant de gloire
Laisse alors échapper ces mots :

« Le jour des vengeances s'apprête ,
Tremblez , féroces Ottomans !
Le fer levé sur notre tête
Est prêt à frapper nos tyrans.
A l'aspect de tant d'insolence ,
De tant de fourbe et d'arrogance ,
Comment maîtriser mon courroux ?

Lâches suppôts du fanatisme,
Du plus ardent patriotisme
Redoutez les terribles coups.

» Tremblez !.... c'est au champ des batailles
Que fut mon antique destin !
Vous m'allez voir sur vos murailles
Le fer et la flamme à la main ;
Vous m'allez voir braver vos haines,
Et briser les cruelles chaînes
Qui pèsent sur tant de mortels ;
Vous m'allez voir, et ma vengeance
Que guidera l'indépendance,
Atteindra d'heureux criminels.

» Barbares ! tel est le langage
Des enfans de la liberté :
Leurs mains étouffant l'esclavage,
Votre affreuse divinité,
Et s'armant du glaive héroïque
Dont se servit la Grèce antique
Pour repousser les potentats,
Allument la foudre tonnante
Qui va, terrible et frémissante,
Porter la mort dans vos états.

» Les croyez-vous moins redoutables
Que lorsqu'aux champs de Marathon,
Ils plongeaient des peuples coupables
Dans les cavernes de Pluton ;

Ou lorsque rêvant leur ruine,
Un tyran, près de Salamine,
Vit périr ses nombreux vaisseaux?
Sachez que d'orgueilleux esclaves
Ne sont jamais que de faux braves ;
La liberté fait les héros.

» Si jadis l'aveugle fortune
Vous protégea dans les combats,
Si sur les plaines de Neptune
Elle a parfois guidé vos pas,
Si, dis-je, la déesse altière
Vous fit sortir de la poussière,
Elle peut vous y replonger :
Un grand homme qu'elle seconde
A ses pieds vit tomber le monde ;
Il meurt sur un sol étranger.

» Quels tristes jours ma voix rappelle !
Jours de deuil, cruel souvenir !
Quand du sein de l'ombre éternelle
Son nom étonne l'avenir.
Mais, que dis-je ! un peuple sublime,
Et dont la vertu magnanime
Retentit dans tout l'univers,
Quoique mille fois la victoire
L'eût couvert d'une immense gloire,
N'a-t-il pas langui dans vos fers?

» Long-temps ces rejetons d'Alcide,
Héros dignes d'un meilleur sort,
Ont traîné chez un maître avide
Des jours plus affreux que la mort !
Dans les murs qu'ont bâtis leurs pères,
J'ai vu sous le poids des misères
Gémir ces vaillans demi-dieux ;
Déjà de leurs chaînes pesantes
Ils arment des mains triomphantes,
Et brisent un joug odieux.

» Quelle clameur impétueuse
Tout-à-coup a troublé les airs,
Quelle tempête furieuse
Semble bouleverser les mers ?
Les pâles enfans des ténèbres,
Echappés des cachots funèbres,
Sèment la consternation ;
Et les cruelles Euménides
Brandissent dans leurs mains livides
Le fer de la destruction.

» Dans les terres de l'Arcadie
Je vois flotter mille drapeaux
Et les mers de la Messénie
Gémir sous de nombreux vaisseaux ;
Je vois les bronzes de la guerre
De leurs flancs vomir le tonnerre,
Et semer au loin la terreur ;

Et d'Albion et de la France
L'heureuse flotte qui s'avance,
Et promet aux Grecs un vengeur.

» Alors de toutes parts s'allument
Des combats les feux dévorans,
Les ondes bouillonnent et fument
Sous les foudres retentissans ;
Le bronze ardent éclate et tonne,
Et soudain la flamme environne
Les lourds vaisseaux de nos tyrans ;
Je vois, à ma perte acharnée,
Cette soldatesque effrénée
S'engloutir dans les flots brûlans.

» Vous voilà glacés d'épouvante
Et jetés loin de votre but ;
Déjà la France triomphante
A signalé notre salut.
Mais cette sanglante défaite,
Que l'écho de vos forts répète,
Présage d'aveugles fureurs ;
Et déjà la rage funeste,
Qui sur vos fronts se manifeste,
Se signale par mille horreurs.

» O honte ! ô crime ! ô barbarie !
Tigres ! êtes-vous satisfaits ?
Jamais l'enfer dans sa furie
N'inventa de pareils forfaits.

O ciel ! quelle rage terrible !
Je frémis !.... quel spectacle horrible
A frappé mes tristes regards !....
Des têtes pâles, frémissantes,
Surmontant des piques sanglantes,
Monstres, suivaient vos étendards !

» Répondez, sombres cannibales,
Vouliez-vous en faire un festin ?
Avez-vous cru, par vos scandales,
Epouvanter le genre humain ?
Craignez les vengeances célestes !
Entendez-vous ces cris funestes
Qui sortent du fond des tombeaux ?
Peuples, il nous faut une offrande,
Et notre sang versè demande
Le sang de nos lâches bourreaux.

» A ces mots votre ame est glacée !
Vous demeurez tout interdits !
Parlez, quelle amère pensée
Jette l'effroi dans vos esprits ?
L'édifice de vos rapines,
Vieux débris d'illustres ruines,
S'écroule, tombe avec fracas ;
De votre orgueil tristes victimes,
Vous voyez de profonds abîmes
Déjà s'entr'ouvrir sous vos pas. »

UNE NÉRÉIDE

DE LA MÉDITERRANÉE

AU DÉPART DE LA FLOTTE FRANÇAISE

Pour Alger.

Sur les bords de la mer je respirais le frais,
Alors que se lassant de fournir sa carrière,
    L'astre du jour, des derniers traits
    D'une vacillante lumière,
Ne dorait déjà plus que le sommet des monts.
    Sur le dos de l'humide plaine
Je voyais folâtrer les zéphirs vagabonds,
    Dont la douce et fréquente haleine,
    Balançant mollement les flots,
Ridait de loin en loin la surface des eaux.
Déjà les airs prenaient une teinte plus sombre;
    Et sur les noirs crêpes de l'ombre,
Je voyais scintiller les doux feux de la nuit.

Soudain un bruit confus sort des masses liquides :
L'eau s'ouvre, bouillonne et s'enfuit,
Et du sein des palais humides,
S'élance et paraît à mes yeux
La plus belle des Néréides.
Je voyais un essaim de jolis petits dieux
Se nicher dans ses beaux cheveux,
Ou voltiger autour de sa gorge mouvante ;
Je voyais se jouer dans l'onde bondissante
Les joyeux et brillans dauphins
Et la troupe des dieux marins ;
Car l'Eternel dévoile aux regards du poète,
Ainsi qu'à l'antique prophète,
Ce qui paraît absurde au reste des humains.

Alors écartant de ses mains
Les amours, dont la petite aîle,
Aux clartés de la nuit, pâle, tremblante et frêle,
Caressait ses charmes divins,
« Jolis dieux, leur dit l'immortelle,
Fuyez, volez au sein des brillantes cités,
Ou dans les riantes campagnes ;
C'est là que d'heureuses beautés
Se féliciteront de marcher vos compagnes.

» Mais vous, enfans des mers rangés autour de moi,
Vous, qui d'un dieu puissant suivez l'auguste loi,
Secondez les efforts d'une Nymphe timide :
A la flotte française il faut servir de guide ;

Précipiter son vol vers ces monts sourcilleux,
Où le fils de Clymène et du maître des dieux
      Soutient sur ses larges épaules
      La masse pesante des cieux.
Silence, enfans des mers, écoutez mes paroles!
      Les voyez-vous sur leurs vaisseaux
      Faire retentir les échos
      De mille transports d'allégresse,
Ces nombreux bataillons d'une ardente jeunesse ?
      Dejà s'élançant sur les flots,
      Refoule en ses bases profondes
      Les masses pesantes des ondes,
Et faisant dans les airs flotter ses pavillons,
Laisse empreints sur les eaux de tortueux sillons,
Cette flotte, instrument d'une juste vengeance,
      Cette flotte, dont les guerriers
Vont châtier d'un tyran l'insolente arrogance,
Et des bords du Shellif moissonner les lauriers.

» Alger, tu crois en vain, par l'injure et l'outrage,
Intimider la France et glacer son courage :
D'intrépides soldats bientôt sur tes remparts
Vont, d'un vol triomphant, planter leurs étendards.
Ils gémissent pourtant de voir un chef indigne
      Les conduire au champ de l'honneur :
Mais la France commande.... une parole, un signe
Leur suffit. Tous alors jurent que leur valeur
Donnera de l'éclat à la pâle bannière
Qui doit les précéder dans la noble carrière,
      Où naguère un triomphateur,

Déployant l'étendard reçu de la patrie,
Illustrait la France chérie,
En couronnant son front de gloire et de splendeur.

» Le chef audacieux de tes hordes cruelles
Pense-t-il, protégé de hautes citadelles,
Arrêter du soldat l'impétueuse ardeur ?
Croit-il qu'impunément sa criminelle audace
De la France indignée a bravé la menace ?
L'insensé !... Qu'on ait vu jadis des potentats,
Dont l'Europe admirait les succès et les armes,
Vaincus, abandonner tes funestes climats,
Et ramener dans leurs états
Les malheureux débris d'une puissante armée ;
Et qu'un capitaine fameux,
Ruyter, suivi dans tous les lieux
D'une brillante renommée,
Et les bronzes tonnans des enfans d'Albion,
Semant chez toi la mort et la destruction,
N'aient pu dompter encor ton orgueil et ta rage,
Et te forcer de faire hommage
Au droit de chaque nation ;
Qu'importe ?... A quoi te sert ton arrogance vaine ?....
La France, pour punir ton insulte hautaine,
Demande ta soumission.

» Par ses troupes électrisées,
Ne vois-tu pas déjà tes forces écrasées,
D'infortunés mortels arrachés de leurs fers,

La liberté rendue à l'empire des mers,
Et partout des Français proclamer la vaillance?
Mais la soumission désarme leur vengeance;
Eux, qui dans les combats montrent tant de fierté,
       Sont pleins d'égards et de clémence
       Pour l'ennemi qu'ils ont dompté.
Puisque tu dois fléchir sous les coups de la France,
Alger, aime ses lois, chéris son indulgence;
Rougissant désormais de ta férocité,
Dérobe à tes enfans la fatale présence
       D'un fer toujours ensanglanté.
L'avenir leur sourit; et de leur impuissance
       Découle leur félicité:
Ils vont à leurs revers devoir la liberté. »
Elle dit: à l'instant le cortége s'élance,
Précipite à l'envi son vol impétueux,
Et plus prompt que l'éclair disparaît à mes yeux.

www.ingramcontent.com/pod-product-compliance
Lightning Source LLC
Chambersburg PA
CBHW072359190626
46811CB00020B/2279